Lutz Rathenow

Floh Dickbauch

Peter Bauer

LeiV

1. Auflage 1995, Leipzig
Buchgestaltung Peter Bauer
Printed in Germany
Gesamtherstellung Offizin Andersen Nexö Leipzig GmbH
ISBN 3-928885-48-0

„Ih, ein Floh"

schrie Frau Dotterei und versuchte, mit dem Zeigefinger das Tier zu zerdrücken. Aber Floh Dickbauch war schneller und sprang aus dem Fenster auf das Fensterbrett. Da ruhte er sich aus und hörte, wie Frau Dotterei schimpfend ihren Mann begrüßte, der gerade von der Arbeit kam. „Seit zwei Jahren willst du dich um eine neue Wohnung kümmern. Dir ist es egal, ob ich hier inzwischen von Riesenspinnen angegriffen werde.“

Ihr Mann stand neben der Tür und wagte nicht, die Aktentasche abzusetzen.

„Riesenspinnen?“ fragte er vorsichtig.

„Oder hüpfende Kleinschlangen, was weiß ich!“

Seine Frau sprach immer lauter, und ihr Gesicht nahm langsam eine blaue Farbe an. Wie das Dotter von einem zu lange gekochten Ei.

Floh Dickbauch kletterte vom Fensterbrett die Hauswand herunter und dachte über sein Leben nach. Angenehm war es nicht. Unablässig mußte er aufpassen. Keiner freute sich über seinen Besuch.

„Früher war alles ganz anders“, hatte sein Vater immer gesagt. „Früher gab es für Flöhe eine Zukunft. Heutzutage gibt es nicht einmal einen Flohzirkus mehr.“

Ab und zu zog er seine Zirkusuniform an, in der er jahrelang Floh gegen Floh gefochten hatte. Den Säbel hatte man ihm bei der Zirkusauflösung abgenommen, auch deshalb schimpfte der Vater fleißig.

„Kein Wunder, daß die Jugend verkommt. Wie soll sie sich auch nützlich machen? Hol's der Teufel, unser Ansehen kommt vollends unter die Fliege!"

Wenn einer wütend ist, achtet er nicht mehr auf seine Umgebung. Und so drückte ihm der dritte neue Fernseher das Lebenslicht aus.

Die Familie starrte ohne jedes Schuldbewußtsein von nun an in drei Fernsehprogramme gleichzeitig. Dickbauchs Mutter aber zog mit

dem Sohn in eine neue Wohnung, in der Dickbauch bis zum heutigen Tag immer noch lebt.

Floh Dickbauch betrachtete seinen ungewöhnlich großen Bauch, weswegen man ihn sogar schon mit einem Brummer verwechselt hatte.

„Genau“, sagte er plötzlich und nickte, „das ist es.“ Man muß etwas anderes werden, etwas Besseres – ein nützliches Tier. Als Floh konnte er die Menschen nur solange zwicken und zwacken, bis diese „Au“ riefen.

Was aber könnte ein nützliches Tier sein:

Kühe waren nützlich, doch das konnte er nicht werden, weil er keine Milch geben würde.

Bei Ziegen gäbe es dasselbe Problem.

Katzen kamen nicht in Frage. Dickbauch mochte keine Mäuse. Überhaupt – er wollte ein nützliches Tier sein, ohne andere Tiere fressen zu müssen.

Vielleicht ein Hund? Aber Bellen fand Dickbauch blöd.

Auch die Vorstellung, ein Huhn zu werden, entzückte ihn gar nicht. Obwohl Flöhe ja auch Eier legen. Aber doch nicht Dickbauch, der männliche Floh.

Sein Blick fiel auf die Sparbüchse, ein Schwein mit einem Schlitz im Rücken, das auf dem Schrank stand. Rosa strahlte sein Körper den Floh an.

Das war es.

„Sehr gut“, rief der Floh und begann sich aufzublasen.

Bis er die Größe eines Hausschweines erreicht hatte. Immerhin, ein

kleines Schwein ist nützlicher als ein Floh. Dachte er und lief zu seiner Bekannten, Maus Ziegenbart. Was sich die Menschen als Schmuck in ihre Wohnungen stellten, mußte sehr nützlich sein. Auch als Anhänger und Ketten hatte er schon kleine Schweine gesehen.

Die Maus erkannte den Freund kaum wieder: „Was ham sie denn mit dir gemacht?“

„Quatsch. Ich hab mich selber aufgeblasen, um ein Schwein zu werden. Seh ich aus wie ein Schwein?“

Die Maus zögerte.

„Na ja“, sagte sie dann, „etwas mickrig. Ich kann die Luftpumpe holen und etwas nachblasen.“

„Die Größe genügt. Ich meine, wie ich aussehe?“

Die Maus musterte nachdenklich den Floh. „Insgesamt beeindruckend. Allerdings …“

Entschlossen rannte sie weg und kam mit mehreren Töpfen rosa

Farbe zurück. Mit dem Pinsel hätte es endlos gedauert, so stieß die Maus alle Töpfe um, und Dickbauch wälzte sich in der Farblache, bis

er überall rosa glänzte. Er bekam einen Ringelschwanz angehängt und übte, wie ein Schwein zu laufen.

Zum Schluß schminkte ihm die Maus ein Schweinsgesicht.

„Sieht echt schweinisch aus“, sagte die Maus zufrieden.

Floh Dickbauch bedankte sich und wanderte in das nächste Dorf.

Er wußte, daß Schweine grunzen, deshalb grunzte er ab und zu. Für den Anfang klang das ganz gut.

Was er nicht wußte: wodurch Schweine eigentlich nützlich sind, die lesen können und nicht als Sparschwein oder als Anhänger Verwendung finden.

Sie fingen keine Mäuse und gaben keine Milch, sie brauchten nicht zu bellen oder zu gackern. Dickbauch wußte, daß Schweine in großen Ställen wohnten. Er war schließlich ein gebildeter Floh, der sich schon ein gutes Stück durch die Welt gebissen hatte. Und beißen konnte er wirklich gut.

Na das ist doch schon etwas.

Da sah er einen Mann. Der sprach in sein Telefon und schrieb etwas in sein Notizbuch.

„Bin ich hier in einem Dorf?“ fragte Dickbauch.

„Wenn es inzwischen keine Stadt geworden ist, ja." Der Mann redete nebenbei mit dem Floh, der ein Schwein war, und schaute das Tier nicht an.

„Könnte ich mich als Schwein nützlich machen?" fragte Dickbauch.

„Schweine haben wir genug. Aber ob sie nützlich sind?" Der Mann

kicherte ins Telefon. „Mit Schweinen kennt sich unser Bürgermeister aus."

„Bürgermeister? Stellt der Bürger her?" fragte Floh Dickbauch, aber der Mann schrieb sein Notizbuch voll und nickte eifrig ins Telefon.

„Der Bürgermeister sitzt im Haus gegenüber, wenn er nicht gerade am Fenster steht und uns beobachtet“, sagte eine Henne, die gerade vorbei spazierte. Sie musterte das unbeholfen daherkommende Schwein abfällig.

Für diesen anmaßenden Blick hätte Floh Dickbauch die Henne gern gestochen, doch da er nun ein Schwein war, grunzte er nur böse.

Die Eingangstür vom Haus gegenüber war nur angelehnt. Floh Dickbauch ging hinein und sah ein Schild, welches auf zwei nebeneinanderliegende Türen wies, die auch nur angelehnt waren.

„Schuhe abtreten!“ rief hinter der ersten Tür die Sekretärin des Mannes, der alles verwaltete.

„Sprechzeit morgen von zehn bis zwölf“, rief die Sekretärin hinter der zweiten Tür.

Zu seiner Flohzeit wären den freundlichen Damen ein paar Stiche

sicher gewesen. Den Schweinestall würde er nun auch so finden.

„Wo es am meisten stinkt“, sagte die nächste Henne.

So lief Floh Dickbauch dem auffälligen Geruch entgegen. Hieß nützlich sein etwa auch unangenehme Düfte ertragen lernen? Und später selbst mitstinken?

Alles sehr merkwürdig!

Und da stand er vor dem Stall.

Ohne Zögern schlüpfte er durch eine angelehnte Tür und sprang über ein niedriges Gitter. Ein wenig springen konnte er noch aus seiner Flohzeit.

„Oh", staunte Schwein Grunz.

„Guten Tag", sagte Floh Dickbauch. „Ich bin eigentlich kein Schwein, sondern ein Floh."

„Käse!"

„Kein Käse, sondern Floh."

„Du siehst aus wie ein Schwein, also bist du ein Schwein!"

„Nur in gewisser Weise. Ich habe mich verwandelt, um ein richtiges

Schwein zu werden. Um nützlich zu sein.“
Schwein Grunz rief die anderen, um den neuen Stallgenossen

zu begrüßen. Die Schweine staunten über so ein winziges Schwein und erzählten ihm vom Leben im Stall. Von den Futterbändern, die das Essen vorbeirollen lassen. Von den Arbeitern, die regelmäßig den Stall säubern. Von der Waage, die prüft, ob sich alle auch gut entwickeln. Vom Tierarzt, der den Gesundheitszustand prüft.

„Wir sind nämlich ein Musterstall", erklärte ein Schwein, „und Vorbild für alle anderen." Mehr erklärte es nicht, da eine Klingel das

Futter ankündigte. Floh Dickbauch schaffte kaum eine halbe Mahlzeit – und das war schon hundertzehnmal mehr als sonst.

Nach dem Essen erzählte Floh Dickbauch.

Die Schweine legten etwas Stroh übereinander, Floh Dickbauch kletterte auf den Haufen, damit ihn jeder sah, und begann seine Geschichte.

Er erzählte, wie er mit dem Zirkus durch mehrere Länder gereist war. In der Garderobe des Mannes versteckt, der die Elefanten dres-

sierte. Floh Dickbauch beschrieb diese Tiere. „Die Menschen lieben eben alles, wovor sie eigentlich Angst haben müßten. Die Dinosauriers, früher, sollen noch viel größer gewesen sein."

„Saure Dinotiere?" fragte ein Schwein nach.

„ Nein. Dinosaurier, größer als dieser Stall. In einem Museum hab ich sein Skelett gesehen. Eine ganze Stunde brauchte ich, um ihn zu umwandern."

Einige Schweine rissen vor Staunen ihre Schnauzen auf, und die Fliegen verirrten sich zwischen ihren Zähnen. Davon mußten die Schweine entweder husten oder nießen.

Der Floh erzählte weiter von den Tieren, die sich in der Luft bewegten, und Vögel hießen. Aber Spatzen kannten die Schweine selber. Nur ein Fisch oder ein Krake hatte sich niemals in ihren Stall

verirrt. Sie ahnten ja nicht, daß auch Floh Dickbauch einen Kraken nur aus Büchern kannte.

„Achtung!“ rief unerwartet Schwein Grunz.

Drei Männer betraten den Stall.

„Die Sauberkeitskontrolle“, raunten die Schweine dem Floh zu und schüttelten ein wenig den Dreck ab.

Dickbauch sprang vorsichtshalber vom Strohpodest und stellte sich in die Reihe der übrigen Schweine. Die Männer liefen ohne Eile an

33
+ 1
34

ihnen vorbei, riefen ab und zu „Aha“ und „Oho“, einer sagte zuweilen „Na ja“ oder machte „Hmhm“. Das war der Chef. Als die Männer durch den Stall gegangen waren, kehrten sie nochmal zurück, um die Tiere zu zählen.

Vierunddreißig zählten sie, schüttelten den Kopf und zählten von neuem.

Es blieb bei vierunddreißig, obwohl nur dreiunddreißig Schweine eingetragen waren.

Die Männer blätterten in dem Meldebuch und wunderten sich.

„Ausgezeichnet“, sprach dann der Chef zögernd, „die Schweine werden gut gepflegt, wodurch sie sich überplanmäßig vermehren. Wir müssen uns gegenseitig beglückwünschen und die Presse informieren.“

Die Männer nickten und verließen den Stall.

Die Schweine lachten, nur Dickbauch konnte wegen des schweren Essens noch nicht so richtig mitlachen.

„Ich habe ein Problem“, sagte Dickbauch schließlich.

„Raus mit der Sprache“, forderten die Schweine fröhlich, „sag uns, wo dich der Schwanz drückt.“

„Ich bin gekommen, um nützlich zu sein. Stattdessen stehe ich herum, erzähle und höre zu.“ Floh Dickbauch seufzte.

„Was du nur hast. Wo wir doch reichlich zu fressen bekommen. Und die Pflege ist gut“, sagte das Schwein Grunz und nickte nachdrücklich.

„Na ja, trotzdem“, Floh Dickbauch wurde lauter, „auf die Dauer ist das doch langweilig.“

Schwein Grunz blickte erstaunt auf seinen schweinischen Freund. „Weißt du nicht, warum wir von den Menschen umsorgt werden?“

Der Floh verneinte, und die Schweine lachten. Sie konnten sich nur schwer vorstellen, daß es jemanden gab, der das nicht wußte. Noch dazu jemanden, der in der Welt herumgekommen war.

Auslachen ließ sich Floh Dickbauch nun nicht. Er sprang in die Luft und zischte so gefährlich, daß die nächststehenden Schweine vorsichtshalber einige Schritte zurücktraten.

„Wir lassen es uns gut gehen, bis wir geschlachtet werden“, erklärte Schwein Grunz beschwichtigend.

„Was?“ fragte Dickbauch verdutzt.

Die anderen Schweine traten näher und bestätigten, daß ihr Lebenssinn darin bestünde, später vom Menschen gefressen zu werden. „Wir erfüllen unseren nützlichen Zweck als Kotelett, Wurst oder Gehacktes.“

„Als Braten!“ ergänzte ein Schwein.

„Sülze!“

„Nierchen!“

„Rippchen!“

„Eisbein!“ riefen einige gleichzeitig.

„Genug!“ brüllte Schwein Grunz und fuhr ruhig fort, „eben alles, was den Menschen schmeckt.“

Floh Dickbauch schwieg.

Ein paar Schweine stimmten ein Lied an, in das die anderen rasch einfielen:

Menuetto Galante
Das Leben ist so nett,
bin ich erst mal schön fett,
und werde ich noch fetter,
wird's Schlachten noch
viel netter.
Adagio
Menuetto

Die Klingel unterbrach den Gesang, die Tiere eilten zum Futterband.

Floh Dickbauch blieb sitzen. Er dachte nach. Außerdem hätte er nicht schon wieder essen können. Und so faßte er einen Entschluß.

Er sperrte den Mund auf und ließ Luft ab.

Am Anfang klemmte es, aber dann schrumpfte Dickbauch wenigstens auf dreifache Flohgröße. Kleiner war zur Zeit nicht möglich.

Die Schweine erschraken, als sie ihren weitgereisten Bekannten nicht mehr sahen. Sie hätten ihn ja sofort gesucht. Aber zuerst mußten sie aufessen. Das war wichtig wegen der Gesundheit. Als sie dann endlich fertig waren, eilte Floh Dickbauch längst in die Stadt zurück.

Vom vielen Laufen wurde er dünner und dünner und erreichte bald seine normale Größe. Er fühlte sich unheimlich wohl und dachte, das Nützlichsein überlasse ich lieber den Schweinen.

Endlich war er am Ziel, im Haus von Frau Dotterei.

meike hat
Sommersprosse

Im Hausflur sah er eine alte Frau mit einer schweren Tasche. Sie hatte Mühe, die Treppen emporzusteigen.

„Entschuldigung“, sagte ein Mann, der die Frau gegen das Treppengeländer preßte, um rasch an ihr vorbei zu kommen. Floh Dickbauch zögerte nicht und stach ihn in den Nacken.

Der Mann blieb stehen, befühlte die Stelle, wo er eben einen heftigen Schmerz verspürt hatte.

„Kann ich Ihnen helfen?“ erkundigte sich die alte Frau.

Der Mann schüttelte den Kopf und bot ihr an, die Tasche nach oben zu tragen.

Währenddessen eilte der Floh in die ihm vertraute Wohnung.

MAI

Frau Dotterei stand in der Küche und bereitete das Abendbrot zu.

„Könntest du nachsehen, ob die Wäsche fertig ist?“ rief sie in Richtung Wohnzimmer.

„Nicht so laut, ich hör Nachrichten“, erwiderte Herr Dotterei und stellte den Fernseher lauter.

Floh Dickbauch biß gleich zweimal.

Herr Dotterei rannte in die Küche und klagte seiner Frau von den Kopfschmerzen, die sich im Nacken stichartig bemerkbar machten.

Frau Dotterei erinnerte ihn an die Wäsche, und ihr Mann ging ins Badezimmer, seinen Hals sorgsam abtastend.

„Es gibt verschiedene Arten, nützlich zu sein“, überlegte Floh Dickbauch und kostete vom Tomatensalat, den er zu salzig fand.

Der Unabhängige Dickbauch
DIE ZEITUN
66% aller Männer lesen Zeitung beim Essen
LOTTOZAHLEN in geordneter Reihenfolge
1, 2, 3, 4, 5, 6, 7, 8, 9, 10, 11, 12, 13, 14, 15, 16, 17, 18, 19, 20, 21, 22, 23, 24. (Fortsetzung
Mache Hausaufgaben für Kinder für 8,00 DM
EIS-Prinzessin eingebrochen
RATHENOW schrieb Kinderbuch für Leiv
TAUSCHE SILBERFISCHCHEN GEGEN GOLDHAMSTER
Dickbauch wieder zugebissen
ÜCKSEITE
ES MUSS NICHT IMMER KAVIAR SEIN – STÖREIER TUNS AUCH!
IHRE KATZE HAT MUNDGERUCH?
NEU
KEIN PROBLEM
BIETE ZAHNPASTA SUCHE ZAHNBÜRSTE
FEINMECHANIKER SUCHT DAMPFRAMME
Mörder-Ente gefasst

„Auch wer Kinder ärgert, verdient es, gebissen zu werden“, stellte er fest und probierte das gebratene Fleisch. Es schien richtig gewürzt. „Überhaupt alle, die andere schikanieren oder betrügen. Auch jene, die sich selbst und ihre Umwelt anöden und langweilen.“

Frau Dotterei trug das Tablett mit dem Abendbrot in das Wohnzimmer, legte das Besteck zurecht und wünschte „Guten Appetit“.

„Guten Appetit“, sagte Herr Dotterei, nahm ein belegtes Brot und griff zur Zeitung.

Seine Frau schüttelte den Kopf.

Jetzt zwackte es genau zwischen Mittel- und Zeigefinger, die Zeitung fiel auf den Teppich.

„Verdammt“, nuschelte Herr Dotterei und betrachtete seine Hände.

„Warum nicht gleich so“, meinte Frau Dotterei.

Ihr Mann sah unter dem Tisch nach.

„Ist was?“ fragte Frau Dotterei.

„Ich weiß nicht. Haben wir vielleicht Ungeziefer?“

„Das sind die Nerven. Du brauchst frische Luft und Ablenkung.“

Herr Dotterei nickte und biß in das Wurstbrot.

Man muß einfach nur zubeißen, schlußfolgerte Floh Dickbauch, damit die Leute es nicht verlernen, sich zu wundern und nachzudenken.

Er wählte den Hals von Frau Dotterei.

Sie staunte mehrere Sekunden und freute sich,als ihr Mann vorschlug, etwas spazieren zu gehen, vielleicht sogar am nächsten Tag ein Konzert zu besuchen.

Und beiden fielen lauter Dinge ein, die sie statt Fernsehen am Abend machen könnten. Ja, sie wunderten sich sogar, so lange an so vieles nicht gedacht zu haben. Das erzählten sie einander bis tief in die Nacht, da war Floh Dickbauch längst eingeschlafen.